AF335879

NOUVEAU MÉMOIRE

SUR

LES EAUX

DE VERSAILLES,

PAR M. PH. USQUIN,

MEMBRE DU CONSEIL MUNICIPAL.

VERSAILLES,

IMPRIMERIE DE MONTALANT-BOUGLEUX, AVENUE DE SCEAUX, N.° 4.

1837.

NOUVEAU MÉMOIRE

sur

LES EAUX

DE VERSAILLES.

La publication du *Mémoire sur les Eaux de Versailles* a produit, dans cette Ville, les effets d'une enquête. Ce Mémoire a eu ses détracteurs et ses approbateurs; des Journaux même de la Capitale ont cru devoir s'occuper de cette question importante qui touche à tant d'intérêts et d'où dépend l'avenir de notre belle cité (1).

L'Auteur du Mémoire dont on parle a eu pour but de démontrer que le système des Étangs, qui, pendant de nombreuses années, fournissait presque exclusivement les Eaux nécessaires à la Ville et au Palais de Versailles, est en décadence et ne peut plus assurer aujourd'hui, d'une manière constante, leur approvisionnement : c'est ce que trois années de privation pour les habitants de

(1) Voir le *Journal des Débats* du 12 août, et *Le Temps* du 29 octobre 1836.

Versailles sont venues confirmer. L'Auteur a cru devoir aussi indiquer les moyens qu'il considérait comme les plus convenables pour prévenir les tristes conséquences des accidents dont les étangs sont menacés et qui, peut-être un jour, amèneraient la suppression complète de leurs Eaux.

Cependant les Etangs ont trouvé de zélés défenseurs parmi les personnes attachées à l'Administration de la Liste Civile, et l'une d'elles a cherché à réfuter le Mémoire dans lequel on dévoile leur fâcheux état. Cette personne, reconnaissant l'exactitude des faits énoncés, mais voulant rendre aux Etangs l'importance que pourrait leur enlever tout autre moyen d'assurer l'approvisionnement des Eaux de Versailles, les a présentés comme étant la cause de la prospérité des campagnes environnantes. Elle conclut de là qu'il ne faut pas abandonner les Etangs, mais s'en servir conjointement avec les roues hydrauliques de Marly (1), et faire arriver les Eaux, moitié par un procédé, moitié par l'autre.

En cherchant par ce terme moyen la possibilité de tout concilier, on ne s'est pas demandé si l'exécution de cette proposition ne serait pas *ruineuse* pour la Liste Civile : en effet quelle que soit la quantité d'Eau que pourraient fournir les Etangs, il faut qu'elle arrive à Versailles, ce qui rend indispensable la reconstruction des aqueducs souterrains. De même, pour la faible portion d'Eau que donnerait la Machine de Marly, il faudrait rétablir les digues et les barrages de la Seine, ainsi que les réservoirs

(1) Voir le Mémoire, page 21.

— 5 —

des Deux-Portes (1), comme si cette Machine devait faire seule tout le service : l'économie ne porterait que sur quelques tuyaux qui deviendraient inutiles.

La conséquence serait d'accroître considérablement les frais de construction, de doubler au moins ceux d'entretien annuel, et de n'avoir toujours qu'une alimentation insuffisante dans le cas où les saisons ne seraient pas favorables.

Si le système des Etangs fut bon jadis, pourquoi ne l'est-il plus ?

La réponse à cette question est facile : ce changement est le résultat de deux causes produites naturellement par le temps ; d'abord les détériorations survenues dans les diverses parties de ce système ; ensuite les modifications et les progrès de l'Agriculture. Ces motifs ont été indiqués dans le premier Mémoire, mais il est bon, puisqu'il semble qu'on n'en a pas tenu compte, d'en dire encore un mot.

Le délabrement des Aqueducs souterrains est tel que, d'après les renseignements fournis par M. l'Architecte du Château (2), il ne faut pas moins de 500,000 fr. pour les remettre en bon état. Des personnes dignes de foi assurent que cette somme serait loin de suffire, et qu'avant d'avoir exécuté la moitié des travaux, elle serait dépassée. Ce mal est grand sans doute, mais avec beaucoup d'argent il peut se réparer. Il en est un qui frappe moins et qui, cependant, serait plus fâcheux dans ses conséquences : c'est la dété-

(1) Voir le Mémoire, page 22.
(2) Voir le Mémoire, page 12.

rioration produite par la nature elle-même dans l'Etang de Saint-Quentin, sans lequel il ne peut exister d'approvisionnement d'Eaux pluviales pour Versailles.

Un ancien Inspecteur des Eaux, M. Michaut, disait que ceux qui vivraient après lui seraient témoins de la destruction complète de l'Etang de Saint-Quentin. Ce qui lui faisait tenir ce langage, c'est que chaque année il fallait réparer les fuites qui se manifestaient dans cet Etang, et que chaque année, il s'en formait de nouvelles et en plus grand nombre. L'expérience lui démontrait qu'elles étaient le résultat d'un mouvement souterrain qui donnait passage aux Eaux de la superficie, et que la puissance humaine n'était pas en état de parer à ce grave accident.

Si l'on s'en rapportait à certaines assertions répétées par les Journaux, l'accroissement de la population près des Etangs prouverait leur utilité, et les détruire serait éloigner les habitants des villages qui ne se sont formés que depuis leur existence. Il est bon de voir, à cet égard, comment s'exprime *Le Temps* :

« On a proposé de dessécher complétement les Etangs(1)
« et de rendre à la culture le sol qu'ils occupent, 1,000
« hectares environ, ce qui couvrirait près de la moitié
« des frais. Mais cette idée, séduisante au premier abord,
« est en réalité impraticable. Les nombreux Etangs dis-
« persés aux environs de Versailles sont, en temps ordi-
« naire, des réservoirs d'Eau indispensables aux cultiva-
« teurs ; ils contribuent à l'irrigation d'une grande éten-
« due de pays. Plusieurs communes situées entre Ver-

(1) Voir le Mémoire, page 29.

« sailles et Rambouillet n'ont été habitées et cultivées que
« depuis qu'ils sont établis. Pour donner à l'agriculture
« un millier d'hectares, on serait donc exposé à lui en
« faire perdre plusieurs fois autant. »

Si l'Auteur de ce qu'on vient de lire se transportait sur
les lieux, il regretterait sans doute d'avoir eu trop de con_
fiance dans des renseignements qu'il n'a pu vérifier par
lui-même, et dont l'examen lui démontrerait qu'il s'est fait
l'écho d'une grave erreur; il reconnaîtrait que rien n'est
plus faux que son raisonnement, car l'accroissement de
la population dans les plaines des environs de Versailles,
comme dans tout le département de Seine-et-Oise, est
la conséquence des progrès de la civilisation et de l'agriculture; cet accroissement de la population s'est fait sen-
tir loin des étangs aussi bien et plus encore que dans leur
voisinage; leur destruction, au lieu de produire de fâcheux résultats, serait un grand bienfait pour les habitants dont une partie est moissonnée chaque année par
les maladies qu'engendrent les évaporations putrides des
detritus de végétaux décomposés par des eaux peu pro-
fondes (1).

Un fait vient prouver le peu d'utilité des étangs pour
les habitants des villages qui en sont le plus rapprochés :
c'est que la population de Saclé (qui touche presque l'é-
tang considérable auquel il donne son nom), reste station-
naire et ne suit pas la progression des autres communes
du département; c'est que depuis le commencement des
travaux du Cadastre, il y a trente ans environ, on n'a

(1) Voir le Mémoire, page 24.

pas construit, sur le territoire de cette commune, une seule maison.

L'un des principaux motifs de l'accroissement de la population des campagnes dans les environs de Versailles fut la destruction des capitaineries des chasses. Le gibier qui s'y trouvait dans une énorme proportion, dévorait tous les produits de la terre, et le cultivateur retrouvait bien difficilement le prix de son travail. Aussi voyait-on dans ces plaines beaucoup de terres en pâtures où les bestiaux venaient disputer l'herbe aux lièvres et aux lapins. Depuis que ces terres sont défrichées et que les progrès de l'agriculture ont réclamé les bras d'un grand nombre d'ouvriers, la population s'est accrue par la force des choses, même malgré les entraves qu'apportaient l'incommodité des rigoles et l'insalubrité des étangs; funeste effet qui se trouve bien démontré par le relevé des actes de décès de Saint-Cyr (1). Leur suppression, loin d'éloigner la population, contribuerait, au contraire, à son accroissement, d'abord en ne la décimant plus par les maladies qu'ils engendrent, puis en rendant à l'agriculture des terres qui ne sont pas cultivées.

Si l'on consulte les habitants des villages qui avoisinent les étangs, ils répondront tous qu'un puits pour leur usage et une mare d'un ou deux arpents, recevant les eaux pluviales, pour l'usage des animaux, seraient bien préférables à ces vastes étendues d'eau, qui leur

(1) Voir le Mémoire, page 25 (Depuis le dessèchement de deux étangs près Saint-Cyr, la mortalité a diminué dans la proportion de 70 à 21, c'est-à-dire de plus des deux tiers).

sont inutiles en hiver et se tarissent dans les grandes chaleurs.

Pourquoi doit-on supposer que, par la suite, les étangs se dessécheront fréquemment, puisque cet accident n'avait pas lieu jadis ?

C'est qu'autrefois il se rendait dans les étangs une masse d'eau beaucoup plu considérable qu'aujourd'hui, et qu'ils en contenaient une bien plus grande quantité, car ils étaient plus profonds, et les fuites qui contribuent puissamment à les dessécher n'existaient pas. L'étang de Saint-Quentin pouvait avoir à sa bonde une élévation d'eau de 18 à 20 pieds ; aujourd'hui elle ne peut monter à plus de 12 à 13 pieds ; tout ce qui dépasse ce niveau est promptement absorbé par des ouvertures qui communiquent aux cavités souterraines. On comprend qu'une élévation de 6 à 7 pieds d'eau en accroissait de beaucoup le volume par suite de la forme très évasée des bords de l'étang. La quantité d'eau que contient aujourd'hui cet étang, qui forme la principale réserve de tout le système, peut être évaluée à moitié de ce qu'elle était autrefois.

Les eaux arrivaient jadis en plus grande abondance dans les étangs, par la raison que toutes celles qui tombaient sur les terres incultes, en pâture, coulaient facilement à la surface, et que ces terres, aujourd'hui cultivées avec soin, en absorbent une grande quantité. Joignez à cela l'introduction dans la culture des plantes sarclées, telles que les colzas, pommes de terre, betteraves, etc., qui retiennent les eaux pluviales sur leur feuillage en favorisent l'évaporation et en absorbent beaucoup par les binages qu'elles nécessitent. De plus, les cultivateurs des terres qui sont situées sur la partie la plus élevée du plateau étaient obligés de donner aux eaux l'écoulement dans la direction des rigoles qui les conduisent aux étangs. Parfois ces eaux, trop abondantes, séjournaient sur une certaine étendue de terre, parce qu'il fallait contrarier la pente presque insensible du terrain. Ils ont fait à la Liste civile des demandes en indemnité pour les terres qui se trouvaient *noyées*, telle est l'expression ; mais la Liste civile n'ayant pas accueilli leurs réclamations, ils n'ont consulté que leur intérêt personnel en dirigeant les eaux sur d'autres points, et, depuis lors, elles n'arrivent plus dans les étangs.

La manière de cultiver contribuait encore autrefois à porter aux étangs beaucoup plus d'eau. La plupart des terres étaient labourées en sillons dits *dos d'âne*. Ces sillons, d'une largeur de six pieds environ, s'égouttaient, à droite et à gauche, dans la partie la plus profonde qui formait une gouttière dans laquelle les eaux se rassemblaient et coulaient facilement. Aujourd'hui, grâce aux progrès de l'agriculture, les terres sont labourées différemment ; le sol est tout uni, et les eaux séjournent dessus beaucoup plus long-temps ; l'absorption et l'évaporation sont donc plus considérables. Tous ces motifs, et bien d'autres encore, tels que la profondeur et la perfection des labours, la multiplicité des engrais, etc., contribuent puissamment à diminuer la quantité des eaux qui venaient jadis alimenter les étangs.

Ces vastes réservoirs peuvent contenir le double de la consommation d'eau de la ville de Versailles, au dire de M. l'Architecte de la Liste civile. C'est une vérité si l'on admet qu'ils puissent se remplir entièrement ; mais c'est une erreur dans l'état actuel des choses, sur-tout si l'on ne répare pas les aqueducs souterrains dans lesquels se perd une très grande partie des eaux que l'on dirige des étangs sur Versailles. Une saison pluvieuse peut bien fournir de l'eau pour la consommation de l'été qui suit ; mais il faudra s'en passer si cette condition n'existe pas : l'expérience n'en a que trop fourni la preuve.

M. l'Architecte réclame, chaque année, une certaine somme pour faire en partie ces réparations d'aqueducs, mais chaque année il voit sa demande rejetée. Sans doute, l'Administration de la Liste civile a raison de ne pas l'accueillir si elle ne veut pas s'engager dans une dépense dont le chiffre est aussi difficile à prévoir qu'à vérifier ; et si elle considère que la somme de 500,000 fr. réclamée pour ces travaux pourrait s'élever au double, au triple, et peut-être à plus encore. Elle a raison encore si elle comprend que les étangs étant menacés par la nature d'une ruine certaine, les sommes considérables que l'on dépenserait pour un système précaire, et dont le temps doit amener la destruction complète, finiraient par être perdues. Elle a raison sur-tout si elle pense qu'il est plus convenable pour ses intérêts d'adopter un système qui, sans être soumis aux caprices des saisons et sans lui coûter la moindre avance de fonds, pourrait lui procurer des économies annuelles de plus de 200,000 fr., et assurer au Palais et à la ville de Versailles les eaux que peuvent réclamer, en toute saison, la splendeur de l'un et le bien-être de l'autre.

Au surplus, la crainte de l'opposition que nous avons déjà rencontrée ne sera point un obstacle à l'accomplissement de la tâche que nous nous sommes imposée. Nous allons donc indiquer comment nous croyons que les eaux peuvent arriver abondamment à Versailles sans faire supporter aucune dépense de construction à la Liste civile.

Dans le Mémoire sur les eaux de Versailles, adressé au Roi au mois de mars 1856, et publié depuis, l'auteur indique des projets d'amélioration pour la navigation de la Seine. Quand ces projets s'exécuteront-ils ? C'est ce que l'on ne peut dire. Cependant les difficultés de la navigation dans le cours sinueux de la Seine, aux environs de Paris, les bas-fonds et les rochers que l'on rencontre dans son lit, occasionnent des dépenses considérables au commerce, et parfois même des sinistres.

L'espace où semblent être réunies ces difficultés de tous genres est celui qui se trouve compris entre les ponts de Bezons et de Maisons. C'est pour les éviter qu'a été projeté le canal dont on a déjà parlé dans le Mémoire précédent (1).

L'intérêt du commerce serait de s'affranchir promptement de ces entraves. Mais l'Administration des Ponts-et-Chaussées étant dans l'intention d'exécuter elle-même toutes les améliorations de la navigation de la Seine, il

____
(1) Voir le Mémoire, page 13.

faudra sans doute attendre long-temps encore pour que
le commerce puisse jouir des avantages sans nombre que
lui présentera le canal de Bezons à Maisons. L'exécution
de ce canal doit avoir une telle influence sur les machines
hydrauliques de Marly, seul moyen, dans l'opinion de
l'auteur, d'assurer le service des eaux de Versailles, (1) qu'il
semblerait convenable de lier ensemble ces travaux, et
de n'en faire qu'une seule et même entreprise. La différence sur les frais de la navigation formerait un produit
plus que suffisant pour payer les dépenses, et le commerce profiterait de suite des améliorations qui auraient
pour lui des avantages incalculables.

La proposition d'une semblable entreprise doit présenter, au premier aperçu, de grandes difficultés ; mais
avec le secours d'une Administration éclairée, elles ne
peuvent être insurmontables.

Celles qui viennent s'offrir à l'esprit sont d'abord le
contact qui paraît indispensable entre l'Administration
de la Liste civile et l'Administration des Ponts-et-Chaussées ; ensuite, la nécessité de faire payer à la navigation de la Seine des travaux dont le résultat n'est pas
dans son propre intérêt. Il convient spécialement de s'at-

---

(1) On a proposé à la Liste Civile, de faire venir aux étangs l'eau de la
rivière d'Eure. Le devis des travaux monte à quatorze millions; en outre
il faut acheter des terres sur un développement de douze lieues environ; il
faut aussi détruire près de quarante usines établies depuis que Louis XIV
a abandonné son projet : combien de millions coûterait-il à exécuter aujourd'hui ? Nous laisserons résoudre ce problème à ceux qui pensent que les
sources de l'Eure peuvent seules assurer d'une manière constante l'approvisionnement des eaux de Versailles.

tacher ici à résoudre ces difficultés qui sont les seules ayant une véritable importance, et de négliger celles relatives à l'exécution comme n'étant que secondaires.

Nous commencerons donc par poser cette question :

Les eaux de Versailles doivent-elles être entièrement à la charge de la Liste Civile, et ne convient-il pas, sous plus d'un rapport, de les considérer comme objet d'intérêt public? par ce motif, l'Etat peut-il rester étranger aux mesures à prendre pour en assurer la conservation?

Nous demandons la permission d'envisager un moment la position de l'Etat à l'égard de la Liste Civile, sous le point de vue légal, sans avoir, toutefois la prétention d'approfondir une question aussi grave, laissant cette tâche difficile à des légistes de profession.

L'Etat possède dans la ville de Versailles grand nombre d'établissements très importants. On a vu la garnison s'élever à plus de 6,000 hommes et 1,800 chevaux ; les belles casernes de Versailles pourraient en contenir beaucoup plus encore. Joignez à cela un hôpital militaire, un Collége royal qui offre aux habitants de la capitale l'avantage de pouvoir faire élever leurs enfants près d'eux et dans un air salubre. Ajoutez une Ecole Normale primaire, un Séminaire, un Hôpital civil, des Prisons, d'autres établissements encore dont on se dispensera de faire l'énumération, et qui démontrent que, sous beaucoup de rapports, l'intérêt de la ville de Versailles se confond avec l'intérêt général. Par son château elle s'y rattache peut-être plus encore.

Il fut construit par Louis XIV, pour devenir le siége du gouvernement, et ce fut aux dépens de l'Etat dont, à cette époque, les revenus se confondaient avec ceux du souverain; son luxe était de la grandeur pour le pays. Ce monarque aimait la gloire, et son palais devait être digne de la France, alors représentée dans sa personne. Si l'ordre social a changé, est-ce un motif pour imposer à la Liste Civile des charges que, naturellement, elle ne peut et ne doit pas supporter? non sans doute, car aujourd'hui, l'Etat possède le fonds des propriétés de la Liste Civile : l'usufruitier doit les entretenir de manière à les rendre comme il les a reçues.

Mais si des circonstances indépendantes de la volonté de l'usufruitier viennent apporter des changements notables dans ces propriétés; si ces changements sont tels qu'ils doivent les dénaturer sous de certains rapports, ou qu'ils exigent des dépenses qui dépassent de beaucoup les frais ordinaires de l'entretien ; alors ces dépenses retombent naturellement à la charge du propriétaire du fonds, qui, dans l'intérêt de la conservation de sa propriété, doit faire exécuter les travaux.

Bien plus, si l'usufruitier a reçu la propriété, dont la jouissance lui est concédée, dans un état de détérioration, et qu'il y ait nécessité de la réparer ou de la reconstruire, la dépense, à plus forte raison, retombe à la charge du propriétaire foncier.

Telle est, sous le rapport des Eaux de Versailles, la position de la Liste Civile qui, en 1830, les a reçues comme elles sont aujourd'hui.

Le gouvernement chercherait-il dans un droit rigoureux les moyens de se soustraire aux réclamations que l'on peut lui adresser pour le charger de la reconstruction de la Machine de Marly? Il ne faut pas le supposer, puisque, dans bien des circonstances, on a déjà vu exécuter aux dépens du trésor public des travaux d'intérêt local, lorsqu'ils étaient motivés par de hautes convenances, et ce principe peut être invoqué ici à tous égards.

Que ceux qui réclament des économies se rassurent ; il ne s'agit pas d'inviter les Chambres à porter au budget une dépense nouvelle, mais à sanctionner des améliorations avantageuses au commerce qui, même en payant les travaux à faire pour les eaux de Versailles, profiterait encore de grands avantages. C'est ce qu'il est facile de démontrer par un aperçu du mouvement de la navigation entre les ponts de Maisons et de Bezons (1).

L'espace qui sépare les deux ponts, en suivant le cours de la rivière, est de cinq lieues environ. Le nombre des bateaux de toutes grandeurs qui parcourent ce trajet étant chargés est, par année, à la remonte, de 4,135 et, à la descente, de 496 (la plupart des bateaux descendent à vide).

Le temps employé pour remonter d'un pont à l'autre est d'au moins un jour.

La quantité de tonnes de mer transportées est, à la remonte, de. 463,580
A la descente, de. 45,062
En tout, de. 508,642

(1) Voir à la fin les Tableaux de la navigation de la Seine.

La dépense annuelle doit être évaluée pour les bateaux
qui remontent, à. . . . .   821,024 fr. 80 c.
Et pour ceux qui descendent, à. .   30,254   30

Total des dépenses de navigation
du pont de Maisons à celui de Bezons(1).851,279   10

La longueur du Canal de Maisons à Bezons serait d'un
peu plus d'une lieue; en moins d'une heure on pourrait
faire ce trajet sans avoir à vaincre de courant, et sans
craindre aucune des difficultés de la navigation de la rivière. Les avantages qui en résulteraient seraient considérables. La dépense que l'on fait aujourd'hui dans ce trajet
serait à très-peu de chose près annulée, et il y aurait de
plus en bénéfice une journée de temps et les avaries de
bateaux dont on n'a pas tenu compte. On voit qu'une
bonne partie des 850,000 fr. que dépense aujourd'hui le
commerce pour franchir l'espace indiqué, pourrait être
appliquée à payer non seulement la dépense du Canal,
mais encore les dépenses relatives à la construction de
la nouvelle Machine de Marly.

Les études pour le Canal de Bezons à Maisons sont depuis quatre ans déposées à l'Administration des Ponts-et-
Chaussées. Les devis en font monter la dépense à environ 2,500,000 fr.

Celle de la reconstruction de la Machine de Marly et
de ses dépendances jusqu'à Versailles, est évaluée dans
le Mémoire précédent à 3,000,000 fr. (2). Mais quelques

(1) Non compris les droits d'Octroi de navigation, qui, dans tout état de
choses doivent être maintenus.
(2) Voir le Mémoire, page 22.

personnes ont fait observer que la somme portée pour la reconstruction des réservoirs des Deux-Portes, serait trop faible ; et que trois cents pouces d'eau, par jour, en été, seraient peut-être un approvisionnement trop rigoureusement juste pour satisfaire largement à tous les besoins. Il pourrait être convenable de porter à quatre cents pouces la quantité d'eau que devrait fournir journellement, en été, la **Machine de Marly** (1). On doit donc évaluer à

---

(1) Pour dissiper le doute qui aurait pu naître dans quelques esprits sur la possibilité d'obtenir une aussi grande masse d'eau de la machine de Marly, nous donnons ici le calcul de la puissance de la chûte de la Seine à Marly.

Aux basses eaux la Seine fournit 111 mètres cubes d'eau par seconde. La chûte à Marly, qui n'est que d'un mètre 1/2, peut-être portée à deux mètres. En laissant pour la navigation 11 mètres cubes d'eau par seconde, on pourrait disposer pour la machine de 100 mètres cubes. Or, ce volume d'eau tombant de deux mètres, élèverait un volume égal dans le même temps à la même hauteur, c'est-à-dire $100.^m$ à $2.^m$ par seconde, ou $200.^m$ à 1^m. de hauteur.

Cette même chûte élèverait par seconde $1^m,23$ à $162^m,42$ (500 pieds) hauteur des aqueducs de Marly au-dessus de la Seine.

$$73^m,80. \ldots \ldots \quad \text{par minute.}$$
$$4,428 \quad \text{»} \ldots \ldots \quad \text{par heure.}$$
$$106,272 \quad \text{»} \ldots \ldots \quad \text{par jour.}$$

ou 5,535 pouces de fontainier, le pouce équivalant à $19^m 20$ par jour.

Ce qui précède suppose une perfection absolue dans les machines, quelles qu'elles soient, servant à la transmission de la force motrice. On tiendra largement compte des pertes de toute espèce, en réduisant l'effet utile à la moitié du produit ci-dessus. Le produit effectif de la force que l'on considère, serait donc de $\frac{5,535}{2}$ ou $2,767,50e$. pouces de fontainier.

La force d'un cheval en mécanique étant évaluée à 5 k. élevés à 1 mètre de hauteur en une seconde, le mètre cube pesant 1,000 k., la Seine donnant par seconde 100 mètres cubes d'eau qui tombent de deux mètres,

3,5oo,ooo fr. la dépense que réclamerait cette Machine. La somme à débourser pour tous les travaux serait de 6,000,000 fr. En portant à 1oo,ooo fr. par an les frais d'entretien et d'Administration du Canal, puis à 3oo,ooo fr. les intérêts des 6,ooo,ooo fr. de déboursé, enfin à 2oo,ooo fr. la somme à mettre en amortissement, on voit qu'il faudrait imposer sur le Canal un péage qui s'élèverait à 6oo,ooo fr. ; qu'ainsi en quelques années la dépense première serait soldée ; jusque-là, le commerce aurait encore, par an, un bénéfice en espèces de plus de 2oo,ooo fr.; en outre, l'avantage d'abréger le temps de sa navigation, et de n'être plus exposé à des avaries très préjudiciables.

Les travaux et le péage du canal pourraient être mis en adjudication, et c'est ainsi que serait résolue la difficulté concernant les divers intérêts de l'État et de la Liste civile ; intérêts qui seraient confondus dans un tiers exécutant les travaux pour l'un et l'autre à la fois. Après leur exécution, la Liste civile entrerait en jouissance de la machine de Marly, et serait alors, comme usufruitière, chargée de son entretien, pour lequel une somme de 5o,ooo fr. pourrait être plus que suffisante.

Chaque pouce d'eau de la Seine, élevé par la pompe à feu de Marly au sommet des aqueducs, revient au

donne une force qui répond à 200,000 k., élevés à 1 mètre, ce qui revient à $\frac{2000000}{75}$ ou 2,666 2/3 chevaux.

Pour élever un pouce d'eau sur les aqueducs de Marly il faut à peu près la force d'un cheval, pour 400 pouces celle de 400 chevaux ; il reste donc une force de 2,200 chevaux sans emploi.

moins à la Liste civile à 2,000 fr. par an (1). En exécutant la proposition ci-dessus, on voit que le ponce d'eau ne reviendrait plus qu'à 125 fr., ce qui ferait une différence de 1875 fr. par pouce.

Les concessions produisaient à la Liste civile une somme de 30,000 fr., et elles étaient basées sur une consommation d'environ 28 pouces d'eau par jour (2). Les abus que l'on avait laissés s'introduire dans ce service avaient considérablement accru cette consommation. Si l'on exécutait le Réglement sur les concessions, non pas avec rigueur, mais seulement avec soin, de manière à donner à chaque concessionnaire un peu plus que ce qu'il droit de réclamer (3), beaucoup d'entre eux demanderaient des concessions doubles, ce qui en accroîtrait le nombre, et probablement, au lieu de concéder 28 pouces d'eau, on en concéderait 50 à raison de 10 fr. la ligne ; un pouce d'eau, contenant 144 lignes, produirait 1,440 fr., et ne coûterait que 125 fr. (4). La Liste civile recevrait donc, pour 50 pouces d'eau fournis aux concessionnaires, une somme de 72,000 fr., et la dépense applicable à cette partie de ses eaux étant de 6,250 fr., le bénéfice s'élèverait à 66,750 fr. Cette somme serait plus que suffisante pour la couvrir de toutes les dépenses que nécessiterait le service

(1) La pompe à feu a élevé sur les aqueducs de Marly (*terme moyen*) dans le cours de 1835, 43 pouces d'eau par jour, sa dépense a été d'environ 130,000 fr., sur cette somme le personnel est porté pour 27,000 fr., le reste est employé par les frais d'entretien et de combustible.

(2) Voir le Mémoire, page 18.

(3) Voir le Mémoire, page 28.

(4) Voir à la fin le tableau de jaugeage des eaux.

des eaux. Elle resterait, en outre, libre de disposer des étangs et de toutes leurs dépendances comme bon lui semblerait (1), et jugerait s'il convient mieux de les rendre à l'agriculture pour en tirer un revenu et assainir le pays, ainsi que le propose l'auteur, ou d'en faire des réserves pour prévenir toute crainte d'accident à la machine de Marly.

Quoi qu'il en soit, on doit considérer ces craintes comme imaginaires, car l'expérience démontre qu'elles sont sans fondement. L'ancienne machine était plus compliquée et beaucoup moins solide que ne le serait celle par laquelle on propose de la remplacer, et, pendant plus d'un siècle, aucun accident n'en a interrompu l'effet. Rarement on arrêtait la marche d'une roue si elle avait besoin de quelques réparations. Mais l'ensemble de la machine n'a jamais cessé de fonctionner, si ce n'est lors des trop grandes eaux et des glaces. Ces cas étant prévus, il est facile d'y parer par les réserves indiquées au Mémoire précédent (2). Ils seraient d'ailleurs plus rares qu'autrefois, puisque l'axe des roues serait mobile et pourrait s'élever à volonté de douze pieds. Alors, pour qu'elles fussent submergées, il faudrait nécessairement que l'eau montât à une hauteur prodigieuse ; ce qui ne serait pas de longue durée. Peut-être même serait-il possible de paralyser entièrement l'action des trop grandes eaux par l'emploi des turbines, espèce de roues posées horizontalement, et dont la submersion n'arrête pas la marche. Au

(1) Voir le Mémoire, page 29.
(2) Voir le Mémoire, page 17.

surplus, ces événements, qui arrivent toujours à la fin de l'automne et au commencement du printemps, n'auraient pas de conséquences fâcheuses, puisque la consommation d'eau est beaucoup moindre dans la saison des pluies que dans l'été, époque à laquelle la machine de Marly agirait en toute liberté, et donnerait les eaux avec le plus d'abondance.

Motifs qui ont engagé l'Auteur à publier un second Mémoire sur les Eaux de Versailles.

L'examen du système général des eaux de Versailles nous ayant démontré que le temps amènerait un jour sa ruine si la prévoyance ne venait à son secours, nous avons cru devoir la provoquer en publiant un Mémoire sur cette matière. Dans le premier écrit, nous avons dit avec franchise tout ce que nous pensions des étangs : nous les avons présentés comme étant funestes aux populations qui les avoisinent, et comme ne pouvant être soustraits à la destruction dont ils sont menacés. Nous avons donc été portés naturellement à proposer de les abandonner et d'en consacrer la valeur à la construction d'une nouvelle machine de Marly, qui, quoi qu'on fasse et quoi qu'on dise, sera toujours pour Versailles une seconde Providence.

Cette proposition de ne plus recueillir les eaux pluviales sur ces espaces considérables de terre que l'on nomme étangs et de les rendre à la culture, a soulevé une vive opposition dont nous ne pouvons expliquer les motifs. Mais, désirant que la ville de Versailles ne soit pas un jour victime de la confiance que l'on paraît avoir dans le système actuel, nous nous sommes occupés de chercher un autre moyen qui pût assurer le service des eaux sans être onéreux à la Liste civile, tout en lui laissant la libre disposition des étangs. Nous pensons l'avoir trouvé en liant à la construction de la machine de Marly la confection du canal de Maisons à Bezons. Faire connaître ce moyen nous a paru répondre à toutes les objections de nos adversaires, et c'est ce qui nous a déterminés à publier un second Mémoire. Nous n'avons pas cru devoir entrer dans le détail de toutes les combinaisons dont notre proposition peut être susceptible ; car il est reconnu que la masse des eaux de la Seine est de beaucoup supérieure à la quantité nécessaire pour faire mouvoir la machine de Marly, même après avoir satisfait à tous les besoins de la navigation. Nous nous sommes bornés à présenter notre proposition sous le point de vue le plus simple, et nous l'avons fait précéder de quelques observations qui réfutent celles qui nous ont été adressées après la publication de notre premier écrit.

Sans nous étendre davantage, nous dirons en concluant : Conclusion.

Que la dépense considérable nécessitée par l'action de la pompe à feu ; la presque destruction des digues qui maintiennent les eaux de la Seine la hauteur convenable pour faire mouvoir les deux seules roues hydrauliques qui existent encore ; la dégradation des aqueducs souterrains dans lesquels doivent passer les eaux des étangs ; la diminution des eaux qui s'y rendent ; les fuites qui s'y manifestent de nouveau chaque année ; en un mot, l'état fâcheux de tout le système des eaux de Versailles, peuvent à bon droit faire concevoir des craintes aux habitants de cette ville. On ne pourra donc s'étonner que de semblables motifs les engagent à solliciter l'exécution d'un moyen qui peut assurer constamment cette abondance d'eau sans laquelle on se flatterait en vain de rendre au **Château de Versailles** son ancien éclat, puisque c'est seulement à cette condition qu'est assurée la complète régénération et la prospérité de la ville.

Espèces et nombre de Bateaux et Trains qui naviguent sur la Seine, entre les ponts de Bezons et de Maisons.

DÉNOMINATION ou DÉSIGNATION DES BATEAUX qui payent des droits au bureau par classe et par espèce.	DIMENSIONS ORDINAIRES DES BATEAUX EN CENTIMÈTRES. Longueur.	Largeur.	TIRANT D'EAU. à vide.	à charge moyenne.	à charge complète.	TONNAGE DES BATEAUX en tonneaux de mer de 1,000 kilogr. charge possible.	charge moyenne ordinaire.	TONNAGE PAR AN. à la descente.	à la remonte.	NOMBRE PAR AN DES BATEAUX de chaque classe, ou des trains, qui acquittent les droits. CHARGÉS. à la descente.	à la remonte.	VIDE. à la descente.	à la remonte.
Besègue.	44 »	8 »	0 34	1 »	1 50	300	200	2,400	120,000	12	600	429	3
Barque.	24 »	6 50	0 34	1 50	1 80	180	80	1,200	12,800	15	160	83	1
Flette.	13 »	3 »	0 30	0 50	0 65	30	15	200	3,000	20	200	90	»
Flûte.	30 »	6 »	0 24	1 34	1 50	120	100	1,200	30,000	12	300	300	1
Lavandière.	34 »	7 »	0 22	1 30	1 35	150	80	1,840	24,000	23	300	150	»
Longuette.	42 »	8 »	0 34	1 80	2 50	250	150	2,100	75,000	14	500	240	1
Marnois.	38 »	7 »	0 32	1 50	1 60	200	100	3,100	60,000	31	600	150	»
Margolats.	30 »	7 »	0 30	1 »	1 30	120	50	2,030	9,000	41	180	16	1
Toue.	24 »	3 75	0 25	0 90	1 75	100	80	8,480	1,800	106	20	»	»
Péniche.	34 »	4 75	0 30	1 65	1 90	150	100	2,700	93,500	27	935	73	1
Chaland.	33 »	7 »	0 60	1 50	2 90	150	100	17,500	30,000	179	300	11	»
Bateau à vapeur.	35 »	6 50	0 70	1 70	2 90	180	112	1,792	4,480	16	40	22	»
								45,062	463,580	496	4,135	1,564	8
Trains { de 4 coupons.	30 »					1010 stèr.				3			
de 8 coupons.	60 »	18m. environ.				2020 id.				7			
de 16 coupons.	120 »					4040 id.				11			
Radeaux { de 1re grandeur													
de grandeur cinq...						7070							

Pour les trains et radeaux on indiquera, colonne 6, l'épaisseur ordinaire; et, colonne 7, le nombre de stères. (de 30 à 35 c.)

Dépense de la Navigation sur la Seine, entre

ESPÈCES DE BATEAUX.	COMPOSITION DE L'ÉQUIPAGE.		SALAIRE A CHACUN PAR JOUR.		BATEAUX MONTANTS				
					CHEVAUX DE RUNS,			CHEVAUX DE RENFORT.	
	Pilotes.	Compagnons.	Pilotes.	Compagnons.	de Maisons au Pecq.	du Pecq à Chatou.	de Chatou à Bezons.	du Pecq à Chatou.	au pertuis de la Morue.
			f. c.	f. c.	(1)	(1)	(1)	(1)	(1)
Besogne de 40 à 48 mètres, venant de Rouen. . .	1	4	4 75	4 50	10	10	10	10	10
id. *id.* de Picardie. .	1	2	6 50	6 »	10	10	10	10	10
Barque de 36 à 40 mètres . . .	1	2	*id.*	*id.*	7	7	7	7	7
Flette de 24 a 28 mètres. . . .	1	1	*id.*	*id.*	4	4	4	4	4
Flûte de 28 à 32 mètres. . . .	1	1	*id.*	*id.*	4	4	4	4	4
Lavandière de 28 à 32 mètres.	1	1	*id.*	*id.*	4	4	4	4	4
Longuette de 36 à 40 mètres.	1	2	*id.*	*id.*	7	7	7	7	7
Marnois de 36 à 40 mètres. . .	1	2	*id.*	*id.*	7	7	7	7	7
Margotat de 20 à 24 mètres. . .	1	1	*id.*	*id.*	4	4	4	4	4
Chaland de 36 à 40 mètres. . .	1	3	*id.*	*id.*	7	7	7	7	7
Bateau à vapeur.	1	4	*id.*	*id.*	»	»	»	4	4

BATEAUX AVALANTS

ESPÈCES DE BATEAUX.	Pilotes.	Compagnons.	Pilotes.	Compagnons.	de Maisons au Pecq.	du Pecq à Chatou.	de Chatou à Bezons.	du Pecq à Chatou.	au pertuis de la Morue.
			f. c.	f. c.					
Besogne (*comme dessus*) allant à Rouen. . .	1	4	4 75	4 50	2	2	2	»	»
id. *id.* en Picardie. .	1	1	6 50	6 00	*id*	*id.*	*id.*	»	»
Barque.	1	2	*id.*	*id.*	*id.*	*id.*	*id.*	»	»
Flette.	1	1	*id.*	*id.*	*id.*	*id.*	*id.*	»	»
Flûte.	1	1	*id.*	*id.*	*id.*	*id.*	*id.*	»	»
Lavandière.	1	1	*id.*	*id.*	*d.*	*id.*	*id.*	»	»
Longuette.	1	2	*id.*	*id.*	*id.*	*id.*	*id.*	»	»
Marnois.	1	2	*id.*	*id.*	*d.*	*id.*	*id.*	»	»
Margotat.	1	1	*id.*	*id.*	*id.*	*id.*	*id.*	»	»
Chaland.	1	3	*id.*	*id.*	*id.*	*id.*	*id.*	»	»
Bateau à vapeur.	1	4	*id.*	*id.*	»	»	»	»	»
Toue.	1	2	5 00	5 00	»	»	»	»	»

le pont de MAISONS et celui de BEZONS.

	PRIX PAR CHEVAL.			PRIX DE PASSAGE AUX PONTS ET PERTUIS, non compris les droits d'octroi de navigation.			USURE de cordes et de bateau.	DÉPENSE moyenne par bateau.
	de Maisons au Pecq.	du Pecq à Chatou.	de Chatou à Bezons. (2)	au pont du Pecq.	au pont de Chatou.	au pertuis de la Morue.		(3)
A CHARGE.	f. c.	f. c.	f. c.	f. c.	f. c.	f. c.	f.	f. c.
	5 25	5 17	5 17	4 10	5 00	10 20	50	319 65
	id.	id.	id.	4 10	5 00	10 20	50	315 40
	id.	id.	id.	3 75	4 00	8 60	35	229 17
	id.	id.	il.	2 75	2 60	5 00	20	133 89
	id.	id.	id.	3 60	3 50	7 25	20	137 89
	id.	id.	id.	3 60	3 50	7 25	20	137 89
	id.	id.	id.	3 75	4 00	8 60	35	229 17
	id.	id.	id.	3 75	4 00	8 60	35	229 17
	id.	id.	id	2 62	2 32	4 00	20	132 48
	id.	id.	id.	3 75	4 00	8 60	35	235 17
	id.	id.	id.	2 00	2 00	3 80	10	76 78
CHARGÉS.	f. c.	f. c.	f. c.	f. c.	f. c.	f. c.	f.	f. c.
	5 25	5 17	5 17	4 10	5 00	10 20	10	83 23
	id.	id.	id.	4 10	5 00	10 20	10	72 98
	id.	id.	id.	3 75	4 00	8 60	7	73 03
	id.	id.	id.	3 75	2 60	5 00	7	58 03
	id.	id.	id.	3 60	3 50	7 25	4	62 03
	id.	id.	il.	3 60	3 50	7 25	4	62 03
	id.	id.	id.	3 75	4 00	8 60	7	73 03
	id.	id.	id.	3 75	4 00	8 60	7	73 03
	id.	id.	id.	2 62	2 32	4 00	4	56 62
	id.	id.	id.	3 75	4 00	8 60	7	79 03
	»	»	»	2 00	2 00	3 80	2	40 30
	»	»	»	2 50	2 50	6 50	»	26 50

OBSERVATIONS.

(1) Les quantités portées dans ces colonnes sont des termes moyens; par exemple, on emploie ordinairement pour un bateau dit Besogne, 8 chevaux en basses eaux, et 12 en hautes eaux.

(2) Pour le passage du pertuis de la Morue, les chevaux de renfort, au lieu de 5 f. 17 c. par cheval, ne coûtent que 2 f.

(3) Les droits d'octroi de navigation ne sont point compris dans les dépenses portées dans cette colonne.

Manière de calculer la dépense d'un bateau.

Un cheval coûte { de Maisons au Pecq... 5 f. 25 c. / du Pecq à Chatou... 5 17 / de Chatou à Bezons.. 5 17 }

Donc de Maisons à Bezons.......... 15 59

Un bateau dit Besogne emploie 8 chevaux en basses eaux, et 12 en hautes eaux. On prendra un terme moyen de 10 chevaux pour l'usage ordinaire ou chevaux de runs; de même 10 chevaux de renfort du Pecq à Chatou, et 10 au pertuis de la Morue.

Ainsi il faut pour une Besogne :

10 chevaux de runs à 15 f. 59 c..... 155 f. 90 c.

10 chevaux de renfort du Pecq à Chatou à 5 f. 17 c............... 51 70

10 chevaux de renfort au Pertuis de la Morue à 2 f.................. 20 00

Donc pour les chevaux la dépense est de............... 227 60

A quoi il faut ajouter :

Pour un pilote.................. 4 75

Et 4 compagnons à 4 f. 50 c........ 18 00

Pour usure de cordes et du bateau... 50 00

Prix de passage aux Ponts et Pertuis.

Au pont du Pecq................. 1 10

Au pont de Chatou.............. 5 00

Au pertuis de la Morue.......... 10 00

TOTAL GÉNÉRAL DE LA DÉPENSE.... 319 f. 65 c.

DÉPENSE ANNUELLE

DES BATEAUX CHARGÉS,

en circulation entre MAISONS et BEZONS.

(Non compris les droits d'Octroi de Navigation.)

ESPÈCES DE BATEAUX.	A LA REMONTE.			A LA DESCENTE.			OBSERVATIONS.
	NOMBRE.	PRIX.	PRODUIT.	NOMBRE.	PRIX.	PRODUIT.	
		f. c.	f. c.		f. c.	f. c.	
Besogne.	600	319 65	191,790 00	12	83 23	998 76	
Barque.	160	229 17	36,667 20	15	73 03	1,095 45	
Flette.	200	133 89	26,778 00	20	58 03	1,160 60	
Flûte.	300	137 89	41,367 00	12	62 03	744 36	
Lavandière.. . .	300	137 89	41,367 00	23	62 03	1,426 69	
Longuette. . . .	500	229 17	114,585 00	14	73 03	1,022 42	
Marnois.	600	229 17	137,502 00	31	73 03	2,263 93	
Margotat.. . . .	180	132 48	23,846 40	41	56 62	2,321 42	
Toue.	20	130 00	2,600 00	106	26 50	2,809 50	
Péniche.	935	140 00	130,900 00	27	60 00	1,620 00	
Chaland.	300	235 17	70,551 00	179	79 03	14,146 37	
Bateau à vapeur.	40	76 78	3,071 20	16	40 30	644 80	
	4,135			496			
			821,024 80			30,254 30	

TOTAL GÉNÉRAL....851,279 f. 10 c.

TABLEAU comparatif du Jaugeage des Eaux, à Versailles.

POUCE FONTAINIER AVEC TOUTES SES DIVISIONS PAR LIGNE.							POUCE OU MODULE DE LA NOUVELLE JAUGE DE M. DE PRONY,			
L'eau doit être maintenue, dans la cuvette de jauge, à une ligne au-dessus de l'orifice.							avec toutes ses divisions correspondant à celle du pouce fontainier. L'eau doit être maintenue, dans la cuvette de jauge, à 0,030 m. au dessus de l'orifice.			
ORIFICES en mesures anciennes.		ORIFICES en mesures métriques.		PRODUIT.			ORIFICES.		PRODUIT.	
Diamètre.	Surface.	Diamètre.	Surface.	Par heure.	Par 24 heures.		Diamètre.	Surface.	Par heure.	Par 24 heure.
lignes.	lignes.	millim.	millim.	pintes.	muids.	pintes.	millim.	millim.	litres.	litres.
1	1	2 1/4	5 06	5 5/6	»	140	1 2/3	2 77	5 77	138 48
2	4	4 1/2	20 25	23 1/3	2	»	3 1/3	11 10	23 12	554 88
3	9	6 3/4	45 56	52 1/2	4	140	5 00	25 00	52 08	1,249 92
4	16	9 00	81 00	93 1/3	8	»	6 2/3	44 43	92 56	2,221 44
5	25	11 1/4	126 56	145 5/6	12	140	8 1/3	69 43	144 64	3,471 36
6	36	13 1/2	182 21	210 00	18	»	10 00	100 00	208 33	4,999 92
7	49	15 3/4	248 06	285 5/6	24	140	11 2/3	136 00	283 51	6,864 48
8	64	18 00	324 00	373 1/3	32	»	13 1/3	177 76	350 33	8,887 92
9	81	20 1/4	410 07	472 1/2	40	140	15 00	225 00	468 74	11,249 76
10	100	22 1/2	506 25	583 1/3	50	»	16 2/3	277 75	578 64	13,887 36
11	121	24 3/4	612 56	705 5/6	60	140	18 1/3	336 09	700 18	16,804 32
12	144	27 00	729 00	840 00	72 » ou 19 m. 743		20 00	400 00	833 33	20,000 00

PRODUIT D'UN POUCE FONTAINIER.	PIEDS CUBES.	TOISES CUBES.	MUID, 280 pintes.	MÈTRES CUB.	PRODUIT D'UN MODULE d'après M. de Prony.	MÈTRES CUBES. 1 mètre cube contient 1000 lit.
Par minute..... 14 pintes.					Par minute, 13 litres 89	
Par jour de 24 heures.....	576	2 2/3	72	19 743	Par jour de 24 heures, . . .	20 00
Par année de 365 jours....	210,240	973 »	26,280	7,206 195	Par année de 365 jours....	7,200 00